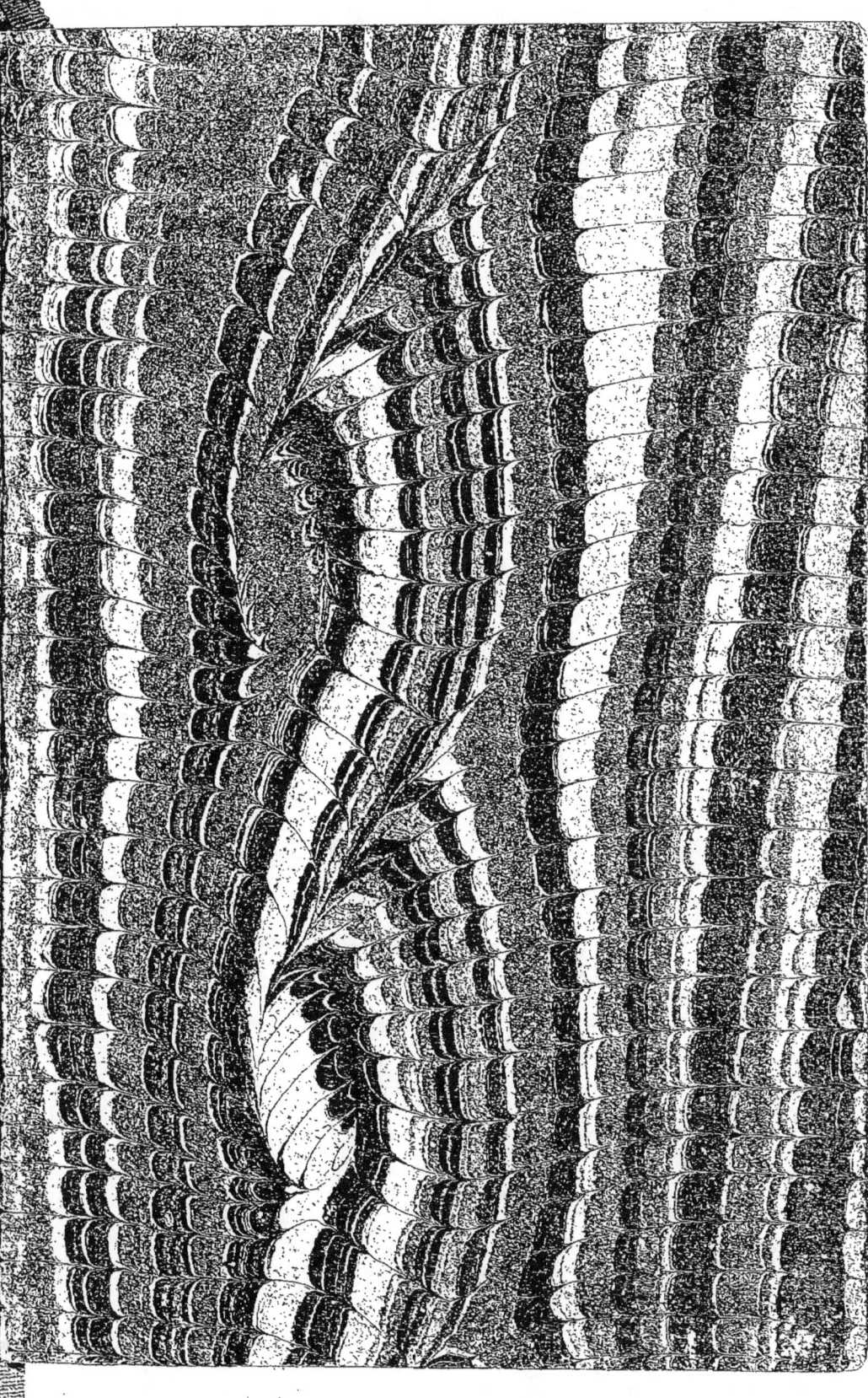

TRAGI-COMEDIE,
DE LA
REBELLION
OV MESCONTENTEMENT
DES GRENOVILLES
contre Iupiter.

A ROVEN,
Chez ABRAHAM COVSTVRIER, ruë de l'Orlo-
ge, deuant les deux Cygoignes.

ARGVMENT.

IUpiter importuné des Grenoüilles, qui luy demandoient vn Roy, Pour ne les mescontenter leur donne vn Tronc de bois, mais ces Grenoüilles faisant peu d'estime de la faueur que Iupiter leur auoit faicte, mesprisent ce nouueau Roy, & l'inquietet tellement de leurs cris enroüez, qu'il leur donne vn Milan pour Roy à celle fin de les gouuerner, mais se plaignant des cruautez de ce Milan, Iupiter ne voulut entendre leur côplainte, d'autant qu'ils auoient abusé de la douceur de leur Roy. Ce suiect est pris des Fables d'Esope, que l'Autheur a voulu eriger en Tragicomedie, n'ignorant que plusieurs grands Personnages selon leurs humeurs ont descrit des choses ioyeuses, côme Homere la guerre des Rats, & des Grenoüilles, Merlin Coccaie, la guerre des Mouches, & des Fourmis, Diocles des Raues, & autres choses ioyeuses, toutes fois, son intention est de monstrer que l'on doit obeyr aux Roys tels que le Ciel nous les donne.

Grenoüillard, Capitaine des Grenoüilles.
Mol Lymon, Lieutenant.
Palluſtrine.
Iupiter.
Mars.   (∴)
Mercure.
Diſcorde.

Vous Peuples qui viuez ſous le Sceptre & les loix
Des Monarques, de Dieu les viuantes images:
Cheriſſez, honorez & reſpectez vos Rois,
Afin de n'imiter les Grenoüilles volages.

Les Rois nous ſont donnez de la voûte des Cieux:
Sus donc, reuerons les en ce ſiecle où nous ſõmes:
Puis qu'il faut obeyr fidellement à eux,
Et non eux obeyr aux volontez des hommes.

TRAGI-COMEDIE
DV
MESCONTENTEMENT
OV REBELLION DES
Grenoüilles contre
IVPITER.

ACTE PREMIER

Grenoüillard, Mollymon, Palluftrine.
Grenoüillard.

Voy? vn Peuple fi grand, vne Race aquatique;
Extraicte du beau fang de la terre Lybique:
Vne Troupe fi braue aux fanglans bataillons
Comme font maintenant les braues Grenoüillons,
Ne meritent-ils pas dans leur ample Prouince
Vn fage Magiftrat, où vn illuftre Prince
Pour les fupediter? pour leur donner des Loix,
Et les garder ainfi qu'on a veu autre fois.
Et quoy! s'il arriuoit qu'vne infernale Euante
Nous remit fur les bras vne guerre fanglante?
Comme il aduint du temps du preux Rodilardus,
Indubitablement nous ferions tous perdus:
Nos riuages bordez de rofeaux & de cannes,
Nos Palais lambriffez, nos humides cabanes,
Nos femmes, nos enfans, & noftre Empire ondeux
Se verroient inueftis de quelque Peuple ombreux;

A 3

Non, non il ne faut pas que cela nous arriue
Faute d'auoir vn Roy qui conferue la riue
De nos larges Eftangs! non, ce puiſſant Eſtat
Qui va de bien en mieux, demande vn potentat
Qui reſpande le ſang; qui excite la guerre;
Et rauiſſe ſans droit des autres Roys la terre,
Si le grand Iupiter qui gouuerne les Cieux:
Se monſtrant indulgent; n'eſt du tout ſoucieux
De nous donner vn Roy pour regir noſtre terre
Et nos Mareſts bourbeux, declarons luy la guerre,
Eſcaladons le Ciel & comme les Geans
Qui furent inhumez dans les Champs Phlegreans,
Couurons de nos Soldats le ſeing de la Campagne
Mettant ainſi comme eux Montaigne ſur Montaigne,

Mollymon.

Pour nos Munitions en vain ne conſommer:
Il conuient Monſeigneur nos Soldats faire armer,
Car depuis peu de temps conſultant d'aduanture
L'Oracle de Dodonne où preſide Mercure,
I'ay ſçeu que Iupiter qui donne aux Dieux la Loy
N'auoit point de deſir de nous donner vn Roy;
Il nous veut baguetег ſelon ſa fantaſie
Il nous va eſtimant ainſi comme la lye
De tous les Animaux du terreſtre Element:
La maudiſſon du monde, & le vil excrement
Que Pluton exhiba ſur le bord du Cocyte.

Palluſtrine.

Ie ſois du Ciel, des Dieux & des humains maudite
Si vous ne ferez bien d'attaquer Iupiter,
Puis que vos humbles cris il ne veut eſcouter,
Qu'il vous exauce moins que Lymaſſes d'Indie;
Que Ceraſtes du Nil; & Oyſeaux d'Arcadie.

Grenouillard.

La terre en son circuit, & le Ciel dedans soy
Ne nous produisent rien où il n'y ait vn Roy,
Iupin est Roy des Dieux, le grand Ciel empirée
Est le Roy des dix Cieux de la voûte azurée,
Le radieux Tytan, je dis le clair Soleil
Est le seul Roy des Feux qu'il cache à son reueil,
Les Arbres ont pour Roy le haut Cedre aux Môtagnes
Le Lys est Roy des Fleurs qui sont par les Campagnes,
Le Dauphin des Poissons, l'Aigle entre les Oyseaux,
Des Elements le Feu, l Or entre les Metaux,
Des Gemmes le Diamant, & des Serpents en somme
Le Basilic dont l'œil, par l'œil infecte l'Homme.
En fin les Dieux, les Cieux, les Astres, les Oyseaux,
Les Fleurs, Arbres, Poissons, Gemmes & Animaux,
Dedãs leurs Bois, leurs Champs, & humides Prouinces
Ont des Roys, des Seigneur, des Magistrats, des Princes,
Qui sont de leurs Estats, les fermes Arcs boutans
Las ! il n'y à que nous qui dedans nos Estangs,
N'ôt n'y Roy n'y Seignr, mais quoy que l'on gazouille
Il faut que Iupiter, donne vn Roy aux Grenouilles.

Mollymon.

Faisons diligemment armer nos Escadrons
Des Cocques & armets des gluants Lymassons,
Emmurons nous le corps tout de pierre de taille
Et la lance en la main entrons dans la bataille,
Et quoy ? pour ranimer la vertu de vos cœurs
Vous faut-il relater que vous fustes vaincœurs,
Des escadrons des Rats qui creuant de courage
Vindrent vous assieger dessus vostre Riuage,
Pensans vanger le Fils du preux Rodilardus
Que nous fismes noyer dans nos vastes Paluds,

Duquel combat Homere inimitable Poëte,
Pour vanter noftre honneur s'eſt rendu la trompette,

Palluſtrine.

Si vous faut reciter nos antiques exploits,
Ne vous fouuient-il plus que le peuple Abderois,
Et tous les Citoyens d'vne ville de France,
Sans faire à nos efforts aucune refiſtance,
Et deſſus nos Soldats aucun los emporter,
Nous cederent le jeu, ne pouuans refiſter
Contre noftre Oſt puiſſant, contre noftre Exercite,
Qui leur mit aux talons les aiſles de la fuite.

Grenouillard.

Noftre importunité a greué quelques fois
De puiſſans Potentats, & de genereux Roys:
Ne vous fouuient-il point de ce Roy Memphitique,
De ce Roy Pharaon, qui le peuple Hebrayque
Tint captif fous le joug; n'eſt-il pas verité
Que nous auons ce Roy grandement moleſté:
Tantoft dans fes Palais, tantoft deſſus fa table,
Dedans fes cabinets, dans fa couche honorable,
Dedans fes Pauillons, & en mille autres lieux
Où il penſoit fuyr nos excez odieux.

Mollymon. Les Rats ont moleſté quelques fois l'Italie,
Et les Chalcidiens; les Connils de furie
Furent Maiftres vn iour dans vn bourg Eſpagnol:
Les Abeilles apres en gros prenant le vol,
Des maiſons d'vne ville vn iour firent des ruches:
Les petits Pigméens font chaſſez des Auſtruches:
Les Guefpes mefmement par leurs fubtils moyens
Chaſſerent ceux d'Ephefe, & les Megariens:
Mais les Rats, les Connils, les Guefpes, les Abeilles,
N'ont iamais, comme nous, produit tant de merueilles,

Palluſtrine.

Ie croy qu'il eſt aduis au puiſſant Iupiter
Que nous ne puiſſions pas ſon tonnerre arreſter:
Et quoy, raſſotte-t'il? r'apprend-il quels nous ſommes?
Ne ſçait-il que jadis nous auons eſté hommes ?
Et qu'ayans eſconduit Latone d'vn peu d'eau,
Vn teint de verd d'oliue encerna noſtre peau:
Mais pour porter la forme & l'habit d'vne beſte,
Cela n'empeſchera noſtre heureuſe conqueſte.

Grenouillard.

C'eſt trop tardé icy; prenons nos coutelas,
Nos lances, nos eſpieux, & allons de ce pas
Eſcalader l'Olympe où Iupiter habite,
S'il eſt eſpouuenté de voir noſtre Exercite
Les Armes en la main, nonobſtant toute Loy,
Nous luy propoſerons que nous voulons vn Roy.

Mollymon

Allons, ſi ie l'atteint de ma lance à propos,
Ie le feray ſauter dans l'Iſle de Lemnos,
Ainſi qu'il fit Vulcan qui luy forge ſon foudre.

Palluſtrine.

Allons, ie veux à rien ſon Empire reſoudre.

ACTE DEVXIESME.

Iupiter, Mars, Mercure, Grenouillard,
Mollymon, Palluſtrine,
Iupiter.

Vel tumulte, quel bruit eſt-ce là que i'entends ?
Eſt-ce point Aquilon qui ſe bat aux Autans ?
N'eſt-ce point de Neptun les boüillantes tempeſtes,
Qui deſirent entrer dans les voûtes Celeſtes?

Ou ſi le Lemnien & ſes Brontes peneux
Forgent dedans l'Ethna mon Foudre imperieux,
Non les Autans, Neptun, & l'Eſpoux de Cythere
Ne troublent de leurs bruit le Celeſte repaire,
Vn peuple plus meſchant, vn peuple plus mutin,
Fantaſque, immoderé, faſcheux & libertin,
Veut briguer mon Eſtat, veut poſſeder mon Sceptre,
Et des Cieux eſtoillez ſeul ſe rendre le Maiſtre;
Mais il n'en ira pas comme ils ont projetté.

Mars.

Quelle tourbe confuſe a jà deſià monté
Le haut Ciel Lethean, d'où vient ceſte canaille ?
Qui marchant tient ſon rang pour entrer en bataille?
Doù vient ces Pygmeens qu' ont pour haubergeons,
Des Cocques exemptez de leurs gras Lymaçons,
Des cuiraſſes de mauue, & des lances de cannes,
Mais quoy Pere Sacré quelles beſtes prophanes
Eſt ce là que ie voy, comme les nommez vous ?

Iupitter:

Que ce vil peuple là ne vous mette en couroux,
Ces reptilles mon Fils ſe nomment des Grenoüilles,
Que les Paſtres des champs ſous les pieds eſcarbouilles
Et qui comme pourceaux du ſalle Epicurus,
Se ſoüillent iour & nuict dans leurs fangeux palus.

Mercure.

Quoy ? ne craignez-vous point que ces prophanes be-
N'obſcurciſſent des Cieux les lumieres celeſtes? [ſtes,
Ne donnent quelque horreur aux Deeſſes du Ciel,
Et n'aillent ce Palais infectant de leur fiel,
Non, armez voſtre main d'vn redoutable foudre,
Abaiſſez leur caquet, eſcraſez-les en poudre,
Et ne permettez pas que les diuins flambeaux

Deſcouurent à nos yeux de ſi laids animaux.

Iupiter.

Ie les veux honorer d'vne breſue audience.

Mars.

Sans arreſter leurs pas leur Capitaine aduance,
Pere, permettez-moy de les accrauanter,
Et du Ciel aux Enfers les faire culbuter,
Comme ce Phaëton qui fit par ſa folie,
Guidant le Char des Cieux, bruſler l'Ethiopie.

Iupiter.

Ie ne veux raualler ſi bas ces Grenoüillons,
Que ie n'aille premier entendant leurs raiſons;
Car alors que Typhon, Mymas, & Encelade,
Voulurent empieter le Ciel par eſcalade,
Ne vous ſouuient-il pas que leurs cris croaſſans,
Allerent tous les Dieux en ſurſaut reſueillans.

Mercure.

Ainſi le Capitole, & les Romains ſans l'Oye,
Se fuſſent veus vaincus, & des Gaulois la proye;
Mais pour auoir d'iceux receu quelque faueur,
Il ne faut pas pourtant leur faire tant d'honneur,
Que de les faire entrer dans voſtre ſacré Louure.

Mars.

Si i'en deſcouure vn ſeul, ſi vn ſeul ie deſcouure,
Qui oſe, ambitieux, mettre le pied icy,
Ie le feray deſcendre au Royaume noircy.

Grenouillard.

Entrons, ie veux de Mars emporter la deſpoüille.

Mercure.

Demeure, qui va-là; Parle, qu'es-tu?

Grenouillard.   Grenoüille.

Mars.   Demeure, qui va-là?

Mollymon.	Grenoüille, par ma foy,
Mars.	Quoy, que defirez-vous?
Palluftrine.	Nous demandons vn Roy.

Mercure.

N'eftes-vous point contents, engeance de Vipere,
D'auoir vn fi grãd Dieu pour Monarque & pour Pere,
Quoy, ofez-vous en paix ainfi vous reuolter?
Sans craindre la fureur du tonnant Iupiter:
Race, horreur des Enfers, qui ne void la lumiere
Que par l'eau corrompuë & la chaude pouffiere.

Grenoüillard.

Laiffez à part noftre eftre, & noftre extraction.

Iupiter.

Mais encor le fujet de voftre efmotion;
N'eftes-vous point contens de viure fous ma dextre?
Voulez-vous me rauir ma Couronne & mon Sceptre?
Voulez-vous occuper le Royaume des Cieux?

Mollymon.

Nous fommes pour celà trop confcientieux:
Nous voulons feulement, encor que pauures Beftes,
A voftre Majefté prefenter nos Requeftes:
Par lefquelles nos vœux ne defirent qu'vn Roy.

Iupiter.

Vn Roy autre que moy, vn autre Roy: Pourquoy?

Grenoüillard.

Pource que regiffant, ô Dieu lance-tonnerre!
Les Dieux & les humains, & le Ciel & la terre,
Vous ne pouuez vacquer à nos petits debats:
Ou bien en le pouuant, vous ne le voulez pas:
De forte qu'entre nous, faute de Monarchie,
Il n'y a nul accord, regle, ny fympathie:
Comme tous differents en nos opinions

Differens en nos mœurs & en ambitions
De façon qu'en criant pous vuider nos querelles
Nous nous faisons tourner, à l'enuers les ceruelles
Ce qui n'arriueroit si nous auions vn Roy,
Pour vuider nos debats, qui fut de nostre alloy
D'aillieurs si nous estions assiegez des Chenilles
Des Abeilles, Fourmis, & Limars innutilles,
Nous serions tous perdus faute de nauoir pas
Vn Roy, pour nous garder de l'horreur du trespas,
Ne vous souuient il pas que nos Peres antiques
Virent iadis leurs bords & riues aquatiques
Enuironnez de Rats, dont les glaiues tranchants
Des pauures Grenouillons couurirēt tous les champs,
Que ce piteux eschet dont ô Pere Celeste,
Vous face intheriner nostre iuste requeste.

Iupiter.

Vous voullez dont vn Roy ô pauures Grenouillards
Afin de vous regir dons vos Marais espars,
Bien vous en aurés vn, le Cocyte i'en iure,
Qui vous gouuernera auec toute droiture,
Et contre qui les Rats les Guespes les Fourmis
Les Cerastes les Vers & autre ennemis
Ne pourront subsister, parquoy en diligence
Fuyez de deuant moy abhorrable semence
Ou bien ie vous feray par le soufle importun
Du venteux Boreas noyer dedans Neptun.

Pallustrine.

Quand nous ferez vous venir son illustre personne?

Mollymon

Quel tiltre releué voulez vous qu'on luy donne?

Iupiter.

Oeilladant amplement son port & Maiesté

Vous pourrez le nommer selon sa dignité.

Mercure.

Voilà de belles gens afin d'auoir vn Prince,
Pour tenir le timon de leur trouble Prouince.

Mars:

Titan de ses rayons deuroit les eaux secher,
Vulcan de ses marteaux les deuroit escacher,
Et mon Pere Iupin de son grondant tonnerre,
Le deuroit abysmer au centre de la terre.

Iupiter.

Mon Fils, vous dites vray; mais ils craignēt les Rats
Qui les font peu à peu tomber en leurs appas.

Mercure,

Les Rats dedans Majence, & dedans Cracouie,
Ont par le sort fatal bien fait perdre la vie
A de plus braues gens; & quoy ces Grenoüillards,
Qui crient iour & nuict, redoutent-ils les Rats?
Ils en noyerent vn, en vn certain passage
D'vn fleuue impetueux voulant passer à nage,
Le lians à leur pied; aussi pour le venger
Vn Vautour carnacier vint le meurtrier manger.

Grenouillard:

Il ne faut plus parler d'vne chose passée,
La Majesté d'vn Dieu s'en ressent offencée:
Sire, quand irons-nous de ce Roy joüissans?

Iupiter:

Alors que vous serez dans vos vastes Estangs.

Mars:

Sire, congediez de la voûte diuine
Ces retraicts de venim, ceste sale vermine,
Qui me fait mal au cœur quand ie iette les yeux
Sur leur dos rauerdy.

Mercure: Sus, Peuple limonneux,
Retournez promptement dedans voſtre Prouince,
Iupin ſelon vos vœux vous donnera vn Prince.

Mollimon:
S'il ne va conſentant à nos opinions,
Il receura de nous mille rebellions.

ACTE TROISIESME.

Diſcorde, Grenouillard, Mollymon, Palluſtrine, Iupiter,
Mars,   Mercure:

Diſcorde:

O Le croteſque traict ! le Moteur de ce monde,
  Qui tient ſon peſant faix deſſus l'azur de l'onde,
Penſe auoir appaiſé d'vn rien, d'vn Tronc de bois.
Les verdaux Grenoüillos, dont l'importune voix (ſtres,
Sẽble faſcheuſe aux Dieux, aux Bourgeois, & aux Pa-
Cõme pronoſtiquans touſiours quelques delaſtres,
Mais ſi ce Souuerain qui régit de ſes mains,
Le Ciel, l'air, & la mer, & les lieux ſouſterrains,
Penſe auoir ſatisfaict ceſte bande importune,
Il penſe que Phebus, il penſe que la Lune
Ne ſoient placez aux Cieux : car ce peuple inſolent,
Sans raiſon, ſans honneur, perfide & violent,
N'endurera iamais que ceſte ſouche morte
Commande comme Roy à leur laſche cohorte,
De façon, que dans bref de ces Grenoüillons verds
Il reuerra la terre & les coſtaux couuerts.
Mais les voilà deſià qui comme des Orgyes,
Recommencent de mieux leurs faſcheuſes criaries:
Il me faut eſcarter, & leur ſouffler és cœurs

Des noises,des discords,des haines & rancœurs,
Comme i'ay suscité sur la ronde Machine,
Et quoy,& pensez vous que ceste orde vermine
Se vueille contenter d'vn debonnaire Roy?
Il leur faut vn Tyran qui sans Ame & sans foy
Leur rauille le sang, leurs thresors, & leurs femmes,
Et leur face sentir & le glaiue, & les flames:
La douceur leur déplaist, bref pour en triompher
Il faut changer le Sceptre en vn baston de fer,
Mais il me faut cacher en quelque grotte obscure,
Pour entendre à loisir leur iargon & murmure.

Grenoüillard

Comment Pere des dieux ! est ce là, quand i'y pense,
L'honorable guerdon, la belle recompense
Que i'attendions de vous pour auoir pourchassé
A ce que ne fussiez de l'Olympe chassé,
Des Titanes cruels qui mirent par leur force
Pinde sur Pelion, & Pelion sur Osse,
Non non, c'est mesprisé & nos veux & nos voix
De nous auoir donné vne Souche de bois,
Sans poux,sans mouuement,& sans sentiment d'hôme,
Comme jadis estoit le Terminus de Rome.

Mollyman

Il nous faut derechef escalader les Cieux
Puis que de nostre estat il n'est point soucieux
Il nous faut derechef de nos bruits & tempestes
Si bien importuner les puissances Celestes
Qu'ils nous donnent vn Roy à nostre volonté,
Non point vn Tronc de bois remply d'absurdité
Qui na ne sang ny os, & ne scauroit en somme
Auoir rendu raison ny iustice a vn homme.

Pallustrine.

Ce n'eſt pas, en vn mot, ce que nous demandons,
Iupin, c'eſt abuſé trompant les Grenoüillons:
Il ne luy faloit pas deceuoir les Grenoüilles,
Qui la nuict ſans dormir font touliours la patrouille,
Se donnent la parole, & d'vn aduis diſcret,
Gardent vniquement dedans eux leur ſecret:
Remontons derechef en la voute azurée,
Et prions humblement la grandeur reuerée
De nous donner vn Roy qui ait de la vigueur.

Iupiter.

D'où renaiſt maintenant ceſte grande rumeur:
D'où s'enfante ce bruict? quoy ces beſtes reptiles,
Excrement de l'Auerne, & au monde inutiles,
Crieront-elles touliours apres ma Majeſté.

Mars.

Pere, ſans offencer voſtre Diuinité:
Permettez maintenant que ie les eſcarboüille.

Mercure.

Qui va là? demeurez, qui eſtes-vous?

   Grenoüillard.   Grenoüille.

Mars.

Quelle rage vous fait redoubler vos abbois?

Mollimon.

Nous demandons vn Roy qui ne ſoit point de bois.

Diſcorde.

Hà les voilà deſià bien auant en furie.

Mercure.

Quoy voulez-vous deux Roys? comment ſang de ma
N'eſtes-vous pas contens du Tronc que Iupiter (vie,
Vous a voulu pour Roy dans vos Eſtangs ietter?

Palluſtrine

Il eſt ſans nerfs, ſans ſens, ſans vie, & ſans parole.

B

Du tout inanimé comme vne froide Idole.

Iupiter.   (roux ?

Hâ vons ne craignez-vous point de ſentir mon cour-
Le Roy que vous auez eſt trop bon & trop doux,
Pour vn peuple ſi vil, ſi abject & volage,
Qui ne demande rien que le Libertinage,
Ainſi que les Cheureils, les Biches & les Cerfs
Qui courent par les bois, ſans conduite & ſans chefs:
Bien vous voulez vn Roy qui ſoit plus temeraire,
Ie vous veux en cela encor vn coup complaire:
Mais ſoit bon, ſoit mauuais, que ſera voſtre Roy,
Ne reuenez iamais vous plaindre deuant moy:
Les Roys ſont mes mignons, au chef & en la dextre,
Ie leur mets la Couronne, & le ſuperbe Sceptre:
Auſſi ſoient bons, mauuais, foibles, forts, ou puiſſans,
Ie veux que leurs ſubjets leurs ſoient obeyſſans.

Grenouillard.

Hâ, nous vous atteſtons le Celeſte repaire,
De cherir ceſtuy Roy, de l'aimer, & de faire
Tout ce qu'il nous voudra iuſtement commander.

Iupiter.

Il vous faut biens & corps à ſon vouloir ceder.

Mollymon.

Nous luy delaiſſerons nos biens & nos riuages:
Nos beaux joncs, nos glajeux, & nos riches herbages.

Mars.

Il luy faut obeyr, & ſeruir bien appoinct.

Paluſtrine.

Nous ne le deſdirons pas d'vn ſeul petit poinct.

Mercure.

Allez donc mes Enfans, reprenez voſtre voye,
Et gardez que iamais Iupin ne vous reuoye.

Pour vos reuoltemens : car tous les reuoltez
Sont à la fin du temps de sa main arreftez.

Grenoüillard.

Si iamais Grenoüillard fous fon Roy fe reuolte,
Phebus à reculons fera au Ciel fa volte.

Iupiter.

C'eft affez protefté ; allez, retirez-vous :
Voftre bruict enroüé met les Dieux en courroux.

Difcorde feule.

Oüy, ils tiendront leur foy, cõme lon void aux mar-
Simbolifer l'Aimãt, ou cõme on void aux arbres (bres
Les fueilles fe tenir, alors qu'en Hyuer temps
On les void efbranfler des rigoureux Autans :
Non, non, c'eft temps perdu, ces efcadrons humides,
Sans foy, fans loy, fans Dieux, fans raifon, & fans bri-
N'obeyront iamais, iamais n'obeyront (des,
Au Roy qu'en leurs Eftangs de nouueau ils auront :
Ces peuples meine bruict, cefte trouppe criarde,
Qui toufiours en criant deuers le Ciel regarde,
Reffemblent au Pourceau, qui ne fait point de fruict
Qui ne foit au falleur & dedans le pot cuict :
Que cela ne foit vray, leurs cuiffes de derriere
Sert aux Grands dans leur Cour quelquefois d'ordi-
D'auãtage leurs corps cuits en huyle & en fel, (naire,
Rejettent des Serpents le venin & le fiel :
Leur cendre mefmement le flux de fang arrefte,
Fait reuenir le poil à l'entour de la tefte,
Guerit du mal des dents, bref, font plus de bien morts
Qu'ils ne font en criant dedans leurs Paluz ords :
Car crians dans les Lacs où ils font refidence,
Ils s'empoüllent d'orgueil, ce n'eft rien qu'infolence,
De forte qu'on les void le plus fouuent creuer,

Comme vne qui vouloit à vn Bœuf s'esleuer,
Ne voulant de sa fille exaucer la priere:
Encor qu'elle luy dist, vous creuerez ma Mere:
Mais que fay-ie en ce lieu ; mais qui m'arreste icy?
Il faut me retirer dans mon antre noircy.

ACTE QVATRIESME.

Grenouillard,   Mollymon,   Pallustrine,   Iupiter
Mars,   Mercure.

Grenouillard.

Vel funeste malheur talonne nostre race !
I'affolle de douleur, ie creue, ie trespasse,
Quand ie voy nostre peuple, & nos braues vassaux,
Endurer sans sujet vn Ilyon de maux:
Quand ie voy vn Mylan remplir nostre riuage
De cris, de pleurs, de sang, de meurtre & de carnag
Hé ! pour auoir prié Iupin le Dieu des Dieux,
De nous donner vn Roy braue & imperieux:
Deuoit-il nous bailler vne ardante Furie ?
Qui nous met en morceaux & nous priue de vie.

Mollymon.

Nous ne deuions iamais l'importuner deux fois:
Nous deuions honorer nostre Souche de bois,
Qui ne nous molestoit, & qui tres-debonnaire,
Selon nos volontez nous laissoit le tout faire:
D'ailleurs Iupin se fasche & se met en courroux
Quãd on meprise vn Roy, pour se mõstrer trop deu
S'il est traictable & bon, il faut, il faut de mesme
Estre bons, & garder son sacré Diadesme,
Son Sceptre maintenir, & non pas de cuider.

Enuahir son Royaume, & le deposseder.

Palluſtrine.

Mais quoy, souffrirons-nous dans nos vitrez riuages,
De ce cruel Mylan tant de cruels rauages ?
Et quoy, souffrirons-nous qu'il aille meurtriſſans
Nos femmes, nos vieillards & nos pauures enfans ?
Helas ! que les subjets qui ont dans leur Prouince
Vn ſage Magiſtrat, vn bon Roy, vn bon Prince,
Se doiuent bien garder de ne les offencer,
D'obeir à leurs Loix, & ne les courroucer.

Grenouillard.

Il n'en faut point blaſmer les puiſſances celeſtes,
Nous auons attiſé ce feu deſſus nos teſtes :
Nous auons attiré ce mal-heur sur nos chefs,
Et ſommes les autheurs de nos propres meſchefs.

Mollymon.

Encor faut-il prier ce Pere debonnaire,
De nous licentier de ce Roy temeraire
Qui rompt, mord, brise, égorge, & enuoye au cercueil
Ce qui va s'oppoſant à l'eſclat de ſon œil.

Palluſtrine.

Oüy ; mais les Immortels ne voudront plus entendre
Nos diſcours croaſſans, ains nous feront deſcendre
Plus viſte que le pas, du mont Olympien,
Ou nous relegueront dans l'Antre Auernien.

Grenouillard,

I'aime autant eſtre au fond du Palus Tenaride,
Que de ſeruir de proye à vn Milan auide :
Mais allons toutesfois retentons les haſards :
De tous les puiſſans Dieux, ie n'ay peur que de Mars.

Iupiter.

Et où retournez-vous, Eſcadre miſerable ?

N'auez-vous pas vn Roy vaillant & redoutable?
N'auez-vous pas vn Roy pour vous policier,
Pour tenir voſtre Empire, & pour vous chaſtier?
Que demandez-vous plus? Tournez de moy arriere,

Mollymon.

Grand Dieu, encor vn coup oyez noſtre priere:
Vous nous auez donné, ô Pere-tout-puiſſant,
Vn Roy qui ne ſe veut repaiſtre que de ſang;
Il eſgorge nos Fils, & maſſacre nos Femmes,
Et nous fait endurer mille tourmens infames:
Bref, ce n'eſt point vn Roy (grãd Dieu) c'eſt vn Tyrã
Qui nous va iour & nuict ſans pitié martyrant.

Mars.

La faute vient de vous, vous le pouuez cognoiſtre,
Mon Pere vous auoit, pour regir voſtre Scéptre,
Donné vn Roy benin, vous l'auez refuſé,
Vous l'auez deſdaigné, vous l'auez meſpriſé,
Pource, diſiez-vous, qu'il n'eſtoit point capable
De regir vos Eſtangs enuironnez de ſable:
Or mon Pere excité de vos bruyantes voix,
Vous a licentiez de voſtre Tronc de bois,
Vous donnant vn Milan pour regir voſtre terre,
Et pour vous maintenir & en paix, & en guerre
Contre vos ennemis les Gueſpes & les Rats,
Et or changeant d'aduis vous ne le voulez pas.

Grenouillard.

Oüy, mais il nous rauit & les biens & la vie.

Iupiter.

Vous voulez faire vn Roy à voſtre fantaſie,
Non, non, calmez vos cris, abbaiſſez voſtre voix,
Il ſe faloit tenir à voſtre Tronc de bois,
Qui comme le Milan n'eſtoit point temeraire,

Il faloit l'honorer, & craindre ma colere;
Car les Rois que ie mets pour regir les mortels,
Sont entre les mortels des Cesars immortels:
Sont mes Oingts, mes Mignons, qui sortis de ma race,
Ont ma saincte grandeur emprainte sur la face:
Ainsi (quiconque soit) n'obeït à son Roy,
Et se va reuoltant, s'esleue coutre moy.

Pallustrine.

Il nous faut pardonner ; car si nostre Ost s'esleue
Contre vn fascheux Tyran, qui l'oppresse & le greue
C'est auec du sujet.

Mercure.   Pour obeïr aux Loix,
Il conuient obeïr fidellement aux Rois:
Car ils tiénent du Ciel (non d'ailleurs) leur Courône.

Grenouillard.

Ie sçay qu'il faut cherir leur Roïale personne;
Mais nous ne sçaurions pas ce Milan respecter,
Qui n'a d'autre plaisir que de nous molester.

Mollymon.

Donnez-nous-en vn autre, ô venerable Pere,
Qui soit plus attrempé, plus doux, & debonnaire.

Iupiter.

Vos discours ne font rien que de m'importuner:
Vn autre que cestuy ie ne vous veux donner,
Ie vous l'ay establi du Celeste repaire;
Vous m'auez conuié & forcé à ce faire,
Ne voulant respecter, ni rendre aucun honneur
Au premier, qui pouuoit vous regir en douceur:
Parquoy i'entends, & veux que l'Oiseau tyrannique
Regne iusqu'à sa mort en vostre Republique:
Vous deffendant à tous de ne venir iamais,
Sur peine de la mort dans mon sacré Palais.

Palluftrine.

Helas quel dur Arreft! Grenoüilles miserables,
Grenoüilles fans raifon, mutines variables,
Qui n'auez fceu garder vn feul moment voftre heur.

Mercure.

Allez en vos Eftangs gemir voftre malheur;
Que toute la vermine efparfe fur la terre,
Vous face fans ceffer vne fanglante guerre.

Grenoüillard.

Allons retirons-nous, Mercure eft irrité.

Mollimon.

Nous auons iuftement ce mefchef merité,
Pour auoir mefprifé noftre premier Monarque:
Et receu ce fecond qui nous pouffe à la barque
Du nautonnier Charon! qui de nos triftes corps
Couure de l'Acheron les aquatiques bords.

Grenoüillard

Les autres nations à nos propres dommages,
Se monftrent, plus que nous, vers leurs Monarques
Puis que nous apprenons à la pofterité   (fages,
Qu'il ne faut mefprifer vn Roy pour fa bonté,
Et tels que font les Rois que l'Eternel nous donne,
Il leur faut obeir, & cherir leur perfonne.

F I N

www.ingramcontent.com/pod-product-compliance
Lightning Source LLC
Chambersburg PA
CBHW061627180626
46818CB00005B/2272